AZPIRI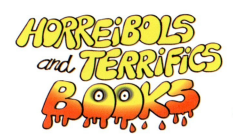

DRÁCULA

Barcelona • Bogotá • Buenos Aires • Caracas • Madrid • México D. F. • Miami • Montevideo • Santiago de Chile

© 2011 Antonio Fraguas y Alfonso Azpiri sobre guión e ilustraciones
Maquetación y montaje Lorena Azpiri
© Ediciones B, S. A. – Consell de Cent, 425-427 - 08009 Barcelona (España)
Titularidad y derechos reservados a favor de la propia editorial – Prohibida la reproducción
1ª edición: 2011 – ISBN : 978-84-666-4968-1 – Depósito Legal: B-23.275-2011
Imprime: ROL-PRESS – Impreso en España - Printed in Spain

www.edicionesb.com

Los retos mueven a los seres humanos y cuando estos humanos son más o menos artistas, no sólo se mueven, alcanzan, alcanzamos, velocidades lucernarias.
Trabajar en plan tándem con Alfonso Azpiri es una de las joyas, muy, muy preciada, de mi vida profesional. Tras muchos años de amistad y trabajos muy variados en los cuales nos hemos embarcado, Alfonso me ha propuesto llevar a cabo esta idea suya: los más eminentes relatos de terror efectuados en 'duocómic', palabrasto inventado para esta forma de curre, que hemos 'filmado' en un nuevo sistema de rodaje/dibujo que va a revolucionar la comunicación:
el **AzpiriForges JUNASCOPE Surrund HD 2.160 4D New Reality Pictures Ufsss Wery Wonder**, de cuyas incredibols bondades van a tener cumplida confirmación a través de estas páginas.
Y por cierto, como ustedes comprobarán, pobre Drácula: vida más larga y, sobre todo, más perra que la del Hombre Lobo, proclamo.
En fin, señoras y señores: pasen y vean/lean…

(GRACIAS, ALFONSO, POR 'ENCARGARME' EL PRÓLOGO)

Esta historia comienza cuando Jonathan Harker, un joven agente inmobiliario, debe realizar un viaje a Transilvania para concluir el trabajo de su compañero, George Renfield para la transacción de la compra de unas propiedades en Londres para el enigmático Conde Drácula.

George Renfield se encuentra ingresado en un manicomio desde su viaje a dicho paraje de la cordillera de los Cárpatos.

Esta historia comienza en un manicomio de Londres, en una de sus húmedas y lúgubres celdas...

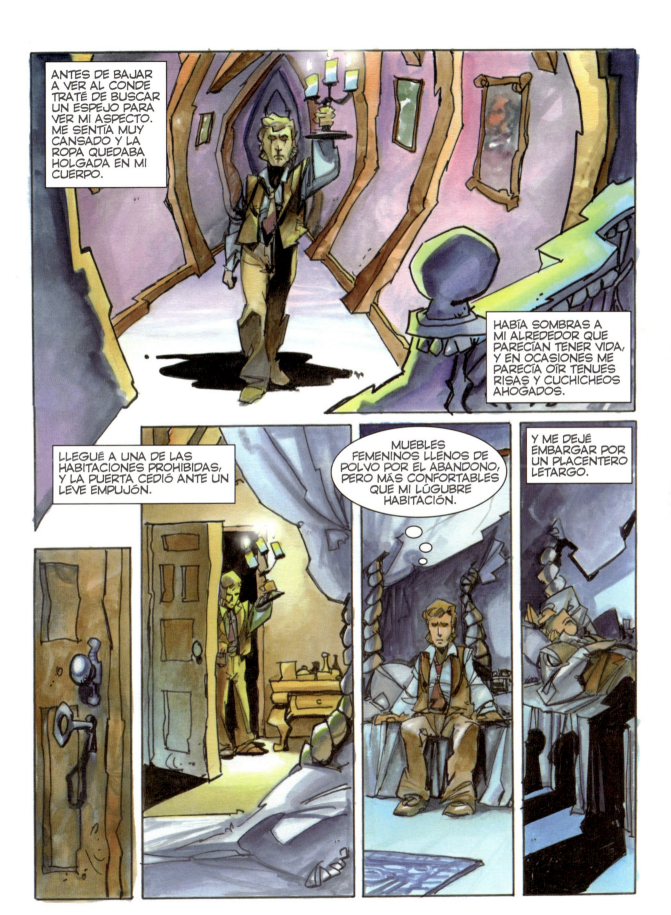

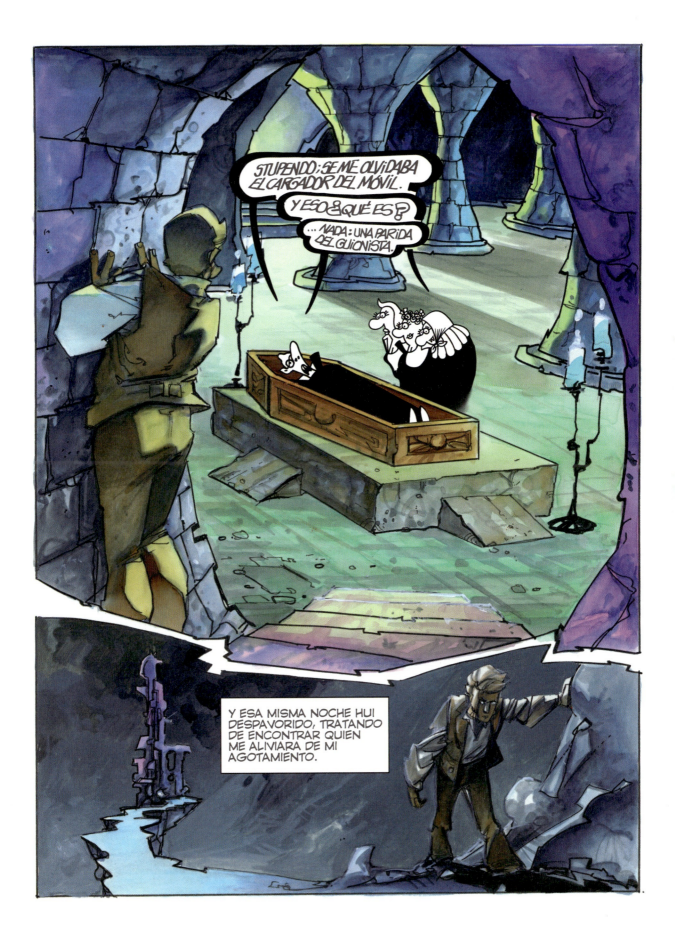

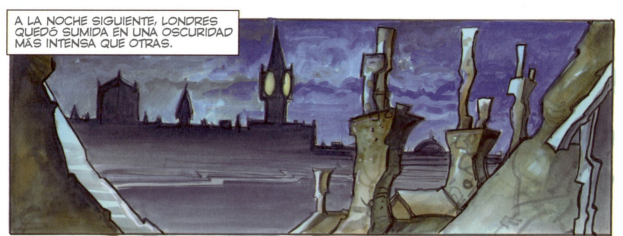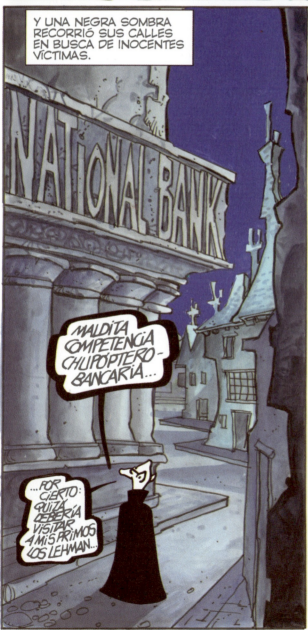

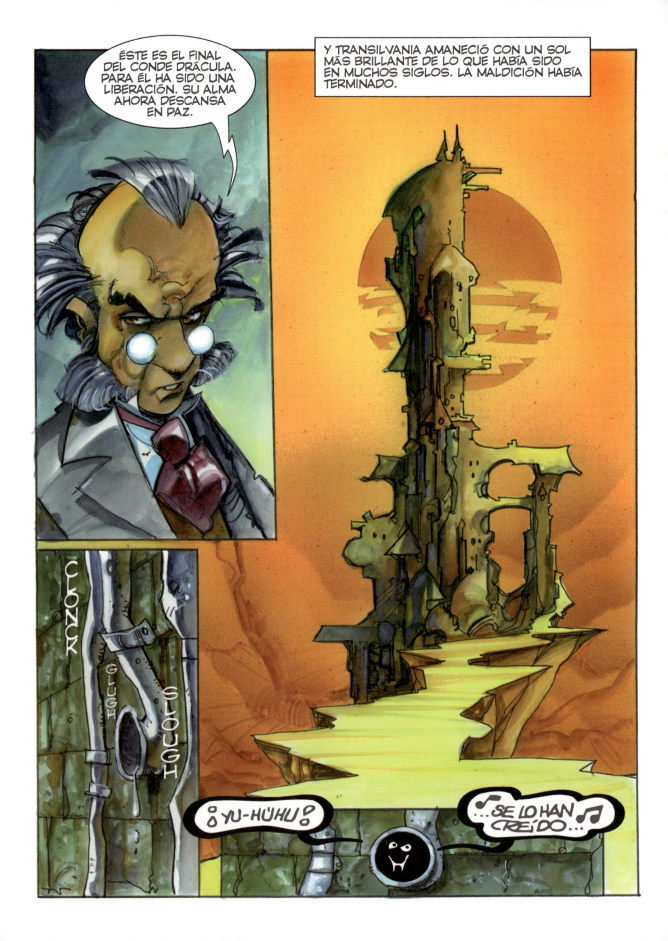

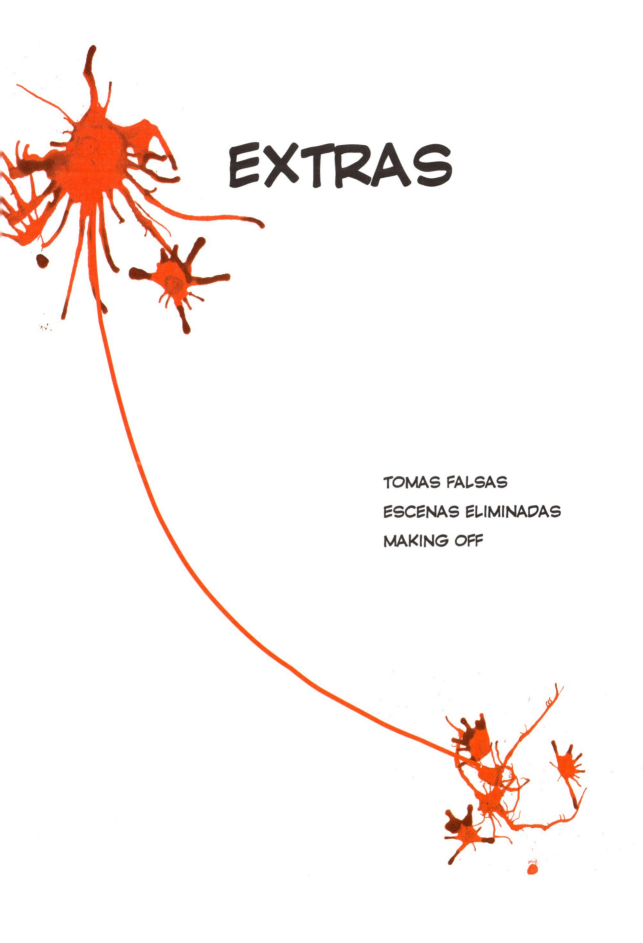

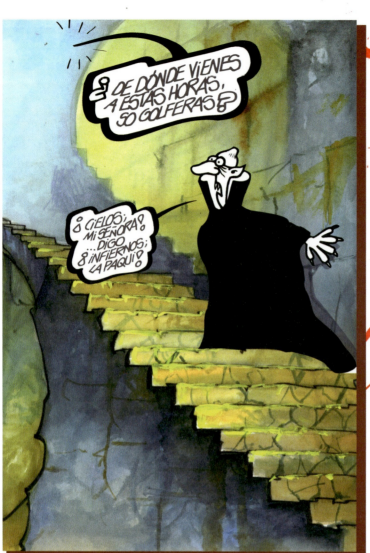
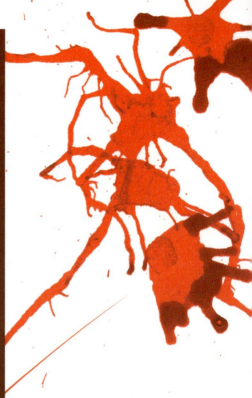

HOMENAJE A LA FAMOSA
SECUENCIA DE LA PELÍCULA
DE DRÁCULA DE BÉLA LUGOSI
DEL AÑO 1931.

OBJETOS DRACULINOS

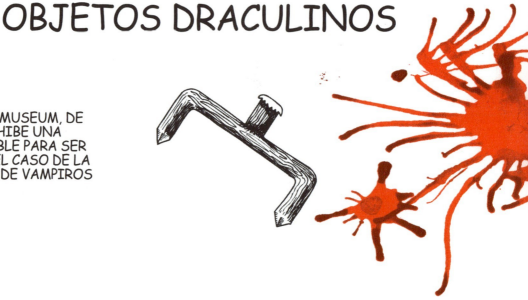

EN EL VLAD MUSEUM, DE LEPE, SE EXHIBE UNA ESTACA DOBLE PARA SER USADA EN EL CASO DE LA APARICIÓN DE VAMPIROS SIAMESES.

EL FAMOSO CHICLE DE AJO PUDO SER UNA BUENA SOLUCIÓN PARA EL VAMPIRISMO, PERO LA DENUNCIA POR PLAGIO DE UN FABRICANTE DE CHICLE CON ALL I OLI DIO AL TRASTE CON ESTE GRAN INVENTO.

LA PRESTIGIOSA CASA DE ÓPTICA ZEISS DISEÑÓ UNOS MUY PRECISOS MINITELESCOPIOS COLMILLARES PARA QUE EL ADMIRADO CONDE, AL VER PERFECTAMENTE LA ZONA A MORDER, OBTUVIERA UNA MAYOR PRECISIÓN MORDISCAL.

EL AFAMADO ARMERO EIBARRÉS MARIANO ROMERALES CREÓ ESTE SINGULAR REVÓLVER QUE DISPARABA DIENTES DE AJO A MÁS DE 30 METROS DE DISTANCIA...PUDO SER EL ARMA DEFINITIVA CONTRA EL VAMPIRISMO, PERO, COSA DE ESTE PAÍS, NADIE HIZO CASO AL GENIAL INVENTO.

LA CUCHARA SOPERA DEL CONDE DRÁCULA SE MUESTRA EN EL STUPID MEMORIAL VLAD, DE COSLADA (MADRID).

LA CASA RAY-BAN CONFECCIONÓ UNAS GAFAS DE SOL, MODELO "BLOODY AND HAPPY NIGHT" ESPECIALES PARA EL CONDE, PERO ANTE LA DIFICULTAD DE SU USO, DRÁCULA PRÁCTICAMENTE NO LAS USÓ.

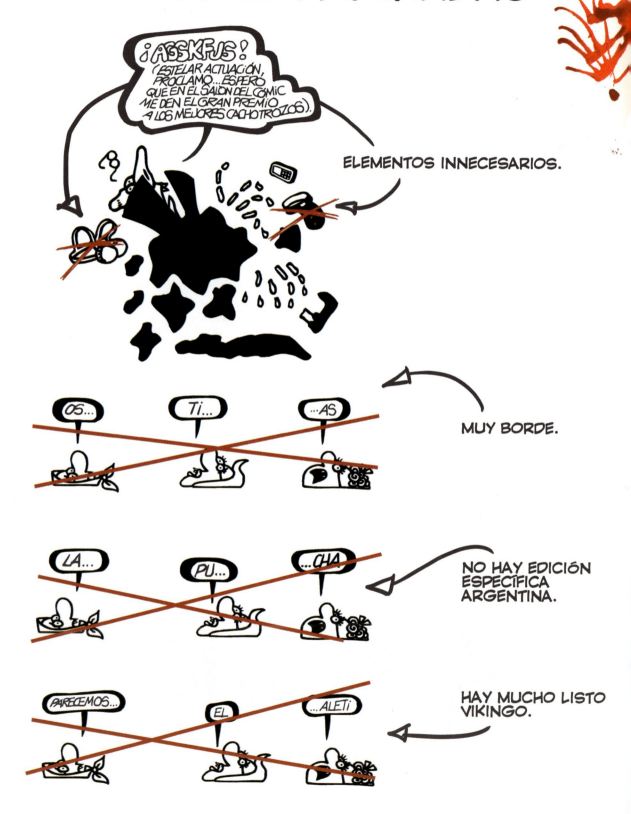

EL PRIMER DISEÑADOR DEL CASTILLO DEL CONDE DRÁCULA FUE DESPEDIDO INMEDIATAMENTE TRAS RECIBIR UNA SOMANTA DE PALOS DE MUCHO CUIDAO.

SE BUSCARON PATROCINADORES ENTRE DIVERSOS FABRICANTES DE KETCHUP. AL NO OBTENER RESPUESTA DE NINGUNO, HUBO QUE RECURRIR A LOS BANCOS.

ERRATA ENCONTRADA POR EL EDITOR. EN CONSECUENCIA SE OBLIGÓ AL ROTULISTA A ESCRIBIRLO 3.000 VECES, ANTES DE DESCUBRIR QUE ERA NATURAL DE PEKÍN.
POR SUPUESTO, FUE DESPEDIDO DE LA MISMA MANERA QUE EL PRIMER DISEÑADOR DEL CASTILLO.

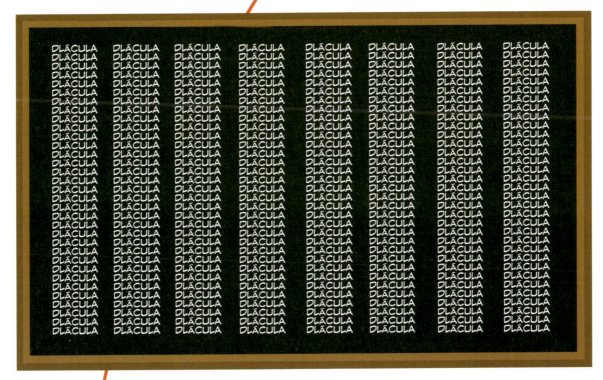

LAS MÚLTIPLES TIRITAS USADAS POR LOS VAMPIROS AL INTENTAR AFEITARSE POR NO VERSE EN LOS ESPEJOS...

...TUVIERON UN EXITOSO DESTINO EN LA FÁBRICA DE APERITIVOS Y CORTEZAS "LA FLOR TRANSILVANA", DONDE SE CONVIRTIERON DESDE ENTONCES EN EL SNACK PREFERIDO DE LOS VAMPIROS DEL UNIVERSO MUNDO.

EL "AZPIRIFORGESJUNASCOPE SURRUN HD 2.160 4D NEW REALITY PICTURES UFSSS WERY WONDER" ES EL NOVEDOSO SISTEMA CON EL QUE SE HA REALIZADO ESTE RELATO GRÁFICO, LO ÚLTIMO EN AVANCES TECNOLÓGICOS, DEL PRESTIGIOSO MEÑO WALLEY DE MATALASCABRILLAS DEL DUQUE. LA "CÁMARA ESPECIAL TOMAVISTAS" DIBUJA LO QUE EL OBJETIVO CAPTA, PUDIÉNDOSE PROGRAMAR LOS DIFERENTES ESTILOS DE DIBUJANTES, POR LO QUE LA FILMACIÓN DE LAS DIFERENTES ESCENAS ES RÁPIDA, ASEADA Y, SOBRE TODO, DE UNA CALIDAD TÉCNICA INSUPERABLE, CON LA VENTAJA AÑADIDA DE QUE ESTE NOVÍSIMO SISTEMA DE FILMACIÓN NO REQUIERE SALAS DE PROYECCIÓN EN NINGÚN CASO.

REPARTO

```
DRÁCULA ................................ GEORGE CLOONEY (V.T)
VAN HELSING ............................ JACK NICHOLSON (V.T)
JONATHAN HARKER ........................ BRAD PITT (V.T)
RENFIELD ............................... JOHN MALKOVICH (V.T)
MINA MURRAY ............................ SANTIAGO SEGURA (V.T)
LUCY ................................... ANGELINA JOLIE (V.T)
DR. SEWARD ............................. MATT DAMON (V.T)
PROMETIDO DE LUCY ...................... LEONARDO DICAPRIO (V.T)
VAMPIRA 1 .............................. MONICA BELLUCCI (V.T)
VAMPIRA 2 .............................. PENÉLOPE CRUZ (V.T)
VAMPIRA 3 .............................. ALFONSA VIDAL SÁNCHEZ (V.T)
```

AGRADECIMIENTOS

CATERING: DEPARTAMENTO DE HEMATÍES DE "EL BULLI", DE FERRÁN ADRIÁ.

CAPA DE DRÁCULA: CEDIDA GENTILMENTE POR LA ASOCIACIÓN DE "AMIGOS DE LA CAPA".

A LAS 300 RISTRAS DE AJOS CEDIDAS POR LA COOPERATIVA "EL AJO EXCELSO", DE LAS PEDROÑERAS.

ESPECIAL AGRADECIMIENTO AL AYUNTAMIENTO DE MADRID QUE NOS HA FACILITADO SU TÍPICA Y HABITUAL BASURA DEL DISTRITO CENTRO, SIN LA CUAL NO HUBIÉRAMOS PODIDO RODAR LOS PLANOS DE LONDRES EN EL SIGLO XIX.

*ESTE NOVEDOSO FENÓMENO EDITORIAL HA SIDO EDITADO BAJO UNA LICENCIA DE COPYCOÑE Y UN SISTEMA DE REFERENCIA V.T (VAYA TROLA).